O AMOR CRESCE EM TODO LUGAR

PARA PAUL, UM CORAJOSO CULTIVADOR DE COISAS - B. T.
PARA MAMÃE E MIKE - T. L.

TÍTULO ORIGINAL: LOVE GROWS EVERYWHERE

PUBLICADO ORIGINALMENTE EM 2021 POR
FRANCES LINCOLN CHILDREN'S BOOKS,
UMA MARCA THE QUARTO GROUP.

2024

ISBN 978-85-88186-50-7

WWW.EDITORAMOSTARDA.COM.BR

INSTAGRAM: @EDITORAMOSTARDA

TRADUÇÃO: MARIA JULIA MALTESE

REVISÃO: BEATRIZ NOVAES, MARCELO MONTOZA,
MATEUS BERTOLE E NILCE BECHARA

EDITORAÇÃO ELETRÔNICA: FELIPE BUENO,
IONE SANTANA E LEONARDO MALAVAZZI

IMPRESSO EM GUANGDONG, CHINA TT062024

Dados Internacionais de Catalogação na Publicação (CIP)
(Câmara Brasileira do Livro, SP, Brasil)

Timms, Barry
O amor cresce em todo lugar / Barry Timms ; [ilustração Tisha Lee ; tradução Maria Julia Maltese]. -- Campinas, SP : Editora Mostarda, 2024.

Título original: Love grows everywhere
ISBN 978-85-88186-50-7

1. Literatura infantojuvenil I. Lee, Tisha. II. Título.

24-196966 CDD-028.5

Índices para catálogo sistemático:

1. Literatura infantil 028.5
2. Literatura infantojuvenil 028.5

Cibele Maria Dias - Bibliotecária - CRB-8/9427

MISTO
Papel | Apoiando uma gestão florestal responsável
FSC® C016973

O AMOR CRESCE EM TODO LUGAR

1.ª EDIÇÃO – CAMPINAS, 2024

Barry Timms

MOSTARDA EDITORA

Tisha Lee

O AMOR
CRESCE
EM TODO LUGAR...

NAS FAZENDAS, NAS COMUNIDADES...

NAS PRAÇAS DAS GRANDES CIDADES.

NO SERTÃO SECO E QUENTE.

NAS MONTANHAS ONDE OS GAVIÕES VOAM LIVREMENTE.

O AMOR
CRESCE
EM QUALQUER LUGAR...

NÃO PRECISA SER UM ESPAÇO REFINADO,
NÃO IMPORTA SE AS PAREDES NÃO TÊM QUADROS.
O AMOR SÓ PRECISA DE DEDICAÇÃO E CUIDADO.

SIM! DEDICAÇÃO E CUIDADO É TUDO
DE QUE O AMOR PRECISA
PARA BROTAR COMO UMA SEMENTE.

ELA PODE
PARECER PEQUENA.

MAS, SOB A LUZ, CRESCE DE REPENTE.

O AMOR
ENCONTRARÁ
UM JEITO INESPERADO...

DE ILUMINAR ATÉ UM DIA NUBLADO.

UM ABRAÇO GENTIL, UM BEIJO ROUBADO.

UMA MÚSICA PARA RECORDAR
TEMPOS QUE NÃO VÃO VOLTAR...

UM MOMENTO COMPARTILHADO.
UMA AJUDA QUANDO AS COISAS NÃO SAEM COMO O PLANEJADO.

UMA PIADA ENGRAÇADA
QUE FAZ RIR.

UMA PALAVRA GENTIL
E GOSTOSA DE OUVIR.

O AMOR
CRESCE
DE MANSINHO...

E CONTAGIA QUEM ENCONTRA
PELO CAMINHO.

UM VIZINHO QUE ACABA DE SE MUDAR,
UM AMIGO DA ESCOLA QUE QUER BRINCAR.

ALGUNS PODEM ATÉ
PRECISAR DE AJUDA
OU GENEROSIDADE.

ASSIM COMO O SOL BRILHA PARA TODA FLOR,
UM SORRISO CALOROSO SEMEIA O AMOR.

O AMOR
INSPIRA
CORAÇÕES E MENTES.

E SURGE
DE FORMAS DIFERENTES.

PODE CRESCER NA SOMBRA COM TRANQUILIDADE.

SER BEM FORTE
QUE DURA
UMA ETERNIDADE.

TEM AMOR TÃO GRANDE
QUE NÃO SE PODE CONTER.

E EXISTE AMOR
QUE DEMORA
PARA FLORESCER.

MAS CADA UM
É PRECIOSO
DESDE A SUA CRIAÇÃO,
UM MILAGRE
QUE AQUECE O CORAÇÃO.

PODE PARECER
QUE O AMOR
FOI EMBORA....

EM DIAS DIFÍCEIS
COM FRIO E CHUVA LÁ FORA.

QUANDO A ESPERANÇA SE ESCONDE
E O CORAÇÃO NÃO RESPONDE.

MAS PODEMOS SER CORAJOSOS
PARA DEMONSTRAR...

O QUANTO NOS IMPORTAMOS COM QUEM QUEREMOS ESTAR.

E UMA ESPÉCIE DE MAGIA
ACONTECE...

O AMOR REAPARECE.

O AMOR
CRESCE
EM TODO LUGAR...

O SUFICIENTE PARA NUNCA FALTAR,
PARA DAR E RECEBER.
BROTANDO E FLORESCENDO A CADA SEGUNDO...

... O AMOR COLORE O MUNDO!